納蘭詞卷三

長白納蘭成德容若著　鎮洋汪元治仲安編輯

雨中花

送徐藝初歸崑山

天外孤帆雲外樹看又是春隨人去水驛鐙昏關城月落不算淒凉處　計程應惜天涯暮打疊起傷心無數中坐波濤眼前冷暖多少人難語

鷓鴣天

獨背殘陽上小樓誰家玉笛韻偏幽一行白雁遙天暮幾點黃花滿地秋　驚節序歎沉浮穠華如夢水東流

人間所事堪惆悵莫向橫塘問舊遊

又

雁帖寒雲次第飛向南猶自怨歸遲誰能瘦馬關山道又到西風撲鬢時　人杳杳思依依更無芳樹有烏嗁憑將埽黛窗前月持向今朝照別離

又

別緒如絲睡不成那堪孤館夢邊城因聽紫塞三更雨卻憶紅樓半夜鐙　書鄭重恨分明天將愁味釀多情起來呵手封題處偏到鴛鴦兩字氷

又

冷露無聲夜欲闌棲鴉不定朔風寒生憎畫鼓樓頭（一作樓頭畫鼓三通）急不放征人夢裏還　秋澹澹月彎彎無人起向月中（一作五更）看明朝匹馬相思處知隔千山與萬山

又

送梁汾南還時方爲題小影

握手西風淚不乾年來多在別離間遙知獨聽燈前雨轉憶同看雪後山　憑寄語勸加餐桂花時節約重還分明小像沉香縷一片傷心欲畫難

又

咏史

馬上吟成促渡江分明閒氣屬閨房生憎久閉銅鋪暗花冷回心玉一牀　添哽咽足淒涼誰教生得滿身香只今西海年年月猶爲蕭家照斷腸

又

十月初四夜風雨其明日是亡婦生辰

塵滿疏簾素帶飄眞成暗度可憐宵幾回偷濕青衫淚忽傍犀奩見翠翹　唯有恨轉無聊五更依舊落花朝衰楊葉盡絲難盡冷雨西風羃畫橋

河傳

春淺紅怨掩雙環微雨花間晝閒無言暗將紅淚彈闌

珊香銷輕夢還　斜倚畫屏思往事皆不是空作相思字記當時垂柳絲花枝滿庭蝴蝶兒

木蘭花

擬古决絕詞柬友

人生若只如初見何事秋風悲畫扇等閒變卻故人心卻道故人心易變　驪山語罷清宵半淚雨零鈴終不怨何如薄倖錦衣郎比翼連枝當日願

虞美人

春情只到梨花薄片片催零落斜陽何事近黃昏不道人間猶有未招魂　銀箋別記當時句（一作夢當時寄）密綰同心苣（一作珍重郎來意）為伊判作（一作郎今亦是）夢中人索（一作長）向畫圖影裏（一作清夜）喚眞眞

又

曲闌深處重相見勻淚偎人顫淒涼別後兩應同最是不勝清怨月明中　半生已分孤眠過山枕檀痕涴憶來何事不銷魂第一折枝花樣畫羅裘

又

高峯（一作峯高）獨石（一作崱屴）當頭起凍合（一作影落）雙溪水馬嘶人語各西東行到斷崖無路小橋通　朔鴻過盡音書（一作歸期）杳客裏年華悄（一作人向征鞍老）又將絲淚溼斜陽多少（一作

回首十三陵樹亂一作暮雲黃

又

黃昏又聽城頭角病起心情惡藥鑪初沸短檠青無那殘香半縷惱多情　多情自古原多病清鏡憐清影一聲彈指淚如絲央及東君休遣玉人知

又

彩雲易向秋空散燕子憐長歎幾番離合總無因贏得一回儜傺一回親　歸鴻舊約霜前至可寄香箋字不如前事不思量且枕紅蕤欹側看斜陽

又

銀牀淅瀝青梧老屧粉秋蛩埽采香行處蹙連錢拾得翠翹何恨不能言　回廊一寸相思地落月成孤倚背鐙和月就花陰已是十年踪跡十年心

又

爲梁汾賦

憑君料理花間課莫負當初我眼看雞犬上天梯黃九自招秦七共泥犁　瘦狂那似癡肥好判任癡肥笑笑他多病與長貧不及諸公衮衮向一作健飯走風塵

又

殘鐙風滅鑪煙冷相伴唯孤影判教狼籍醉清樽爲問

世間醒眼是何人　難逢易散風閒酒飲罷空搔首閒愁總付醉來眠只恐醒時依舊到樽前

鵲橋仙

倦收緗帙悄垂羅幕盼煞一鐙紅小便容生受博山香銷折得狂名多少　是伊緣薄是儂情淺難道多磨更好不成寒漏也相催索性儘荒雞唱了

又

夢來雙倚醒時獨擁窗外一綃新月尋思常自悔分明無奈卻照人清切　一宵鐙下連朝鏡裏瘦盡十年花骨前期總約上元時怕難認飄零人物

又

七夕

乞巧樓空影娥池冷說著淒涼無算叮嚀休曝舊羅衣憶素手爲余縫綻　蓮粉飄紅菱花掩碧瘦了當初一半今生鈿盒表予心祝天上人間相見

南鄉子

飛絮晚悠颺斜日波紋動畫梁刺繡女兒樓上立柔腸愛看晴絲百尺長　風定卻聞香吹落殘紅在繡牀休墮玉釵驚比翼雙雙共唼蘋花綠滿塘

又

搗衣

鴛瓦已新霜欲寄寒衣轉自傷見說征夫容易瘦端相夢裏回時仔細量　支枕怯空房且拭清砧就月光已是深秋兼獨夜凄涼月到西南更斷腸

又

御溝曉發

鐙影伴鳴梭織女依然怨隔河曙色遠連山色起青螺回首微茫憶翠蛾　凄切客中過未（一作料）抵秋閨一半多一世疎狂應爲著橫波作個鴛鴦消得麼

又

煙暖雨初收落盡繁華小院幽摘得一雙紅豆子低頭說著分攜淚暗流　人去似春休卮酒曾將酹石尤別自有人桃葉渡扁舟一種煙波各自愁

又

爲亡婦題照

淚咽更無聲止向從前悔薄情憑仗丹青重省識盈盈一片傷心畫不成　別語忒分明午夜鶼鶼夢早醒卿自早醒儂自夢更更泣盡風前夜雨鈴

一斛珠

元夜月蝕

星球映徹一痕微褪梅梢雪紫姑待話經年別竊藥心灰慵把菱花揭　踏歌才起清鉦歇扇紈仍似秋期潔天公畢竟風流絕教看蛾眉特放些時缺

紅窗月

按詞律作紅窗影一名紅窗迴

夢闌酒醒一作燕歸花謝早因循過了一作又過清明是一般心事一作風景兩樣愁一作心情猶記回廊一作碧桃影裏誓生一作三生　金釵鈿盒當時贈一作烏絲闌紙嬌紅篆歷歷春一作青星道休孤密約鑒取深盟語罷一絲清一作香露溼銀屏

踏莎行

春水鴨頭春山鸚嘴煙絲無力風斜倚百花時節好逢迎可憐人掩屏山睡　密語移鐙閒情枕臂從教醞釀孤眠味春鴻不解諱相思映窗書破人人字

又

寄見陽

倚柳題箋當花側帽賞心應比驅馳好錯教雙鬢受東風看吹綠影成絲早　金殿寒鴉玉階春草就中冷暖和誰道小樓明月鎮長閒人生何事緇塵老

臨江仙

寄嚴蓀友

別後閒情何所寄初鶯早雁相思如今憔悴異當時飄零心事殘月落花知　生小不知江上路分明卻到梁溪匆匆剛欲話分攜香消夢冷窗白一聲雞

又

永平道中

獨客單衾誰念我曉來凉雨颼颼緘書欲寄又還休箇儂憔悴禁得更添愁　曾記年年三月病而今病向深秋盧龍風景白人頭藥鑪煙裏支枕聽河流

又

謝餉櫻桃

綠葉成陰春盡也守宮偏護星星留將顏色慰多情分明千點淚貯作玉壺冰　獨臥文園方病渴強拈紅豆酬卿感卿珍重報流鶯惜花須自愛休只爲花疼

又

絲雨如塵雲著水嫣香碎入吳宮百花冷暖避東風酷憐嬌易散燕子學偎紅　人說病宜隨月減懨懨卻與春同可能留蝶抱花叢不成雙夢影翻笑杏梁空

又

長記碧紗窗外語秋風吹送歸鴉片帆從此寄天涯一鐙新睡覺思夢月初斜　便是欲歸歸未得不如燕子

還家春雲春水帶輕霞畫船人似月細雨落楊花

又

塞上得家報云秋海棠開矣賦此

六曲闌干三夜雨倩誰護取嬌慵可憐寂寞粉牆東已分裙衩綠猶裹淚綃紅　曾記鬢邊斜落下半牀涼月惺忪舊歡如在夢魂中自然腸欲斷何必更秋風

又

盧龍大樹

雨打風吹都似此將軍一去誰憐畫圖曾記綠陰圓舊遊遺鏃地今日種瓜田　繫馬南枝猶在否蕭蕭欲下長川九秋黃葉五更煙止應搖落盡不必問當年

又

寒柳

飛絮飛花何處是層冰積雪催殘疏疏一樹五更寒愛他明月好憔悴也相關　最是繁絲搖落後轉教人憶春山湔裙夢斷續應難西風多少恨吹不散眉彎

又

帶得些兒前夜雪凍雲一樹垂垂東風回首不勝悲葉乾絲未盡未死只顰眉　可憶紅泥亭子外纖腰舞困因誰如今寂寞待人歸明年依舊綠知否繫斑騅

又

孤雁

霜冷離鴻驚失伴有人同病相憐擬憑尺素寄愁邊愁多書屢易雙淚落鐙前　莫對月明思往事也知消減年年無端嘹唳一聲傳西風吹隻影剛是早秋天

蝶戀花

辛苦最憐天上月一昔如環昔昔長如（一作都成）玦但（一作若）似月輪終皎潔不辭氷雪為卿熱　無奈鍾情（一作那塵緣）容易絕燕子依然軟踏簾鉤說唱罷秋墳愁未歇春叢認取雙棲蝶

又

眼底風光留不住和暖和香又上雕鞍去欲倩煙絲遮別路垂楊那是相思樹　惆悵玉煙成間阻何事東風不作繁華主斷帶依然留乞句斑騅一繫無尋處

又

又到綠楊曾折處不語垂鞭踏徧清秋路衰草連天無意緒雁聲遠向蕭關去　不恨天涯行役苦只恨西風吹夢成今古明日客程還幾許霑衣况是新寒雨

又

蕭瑟蘭成看老去為怕多情不作憐花句閣淚倚花愁

不語暗香飄盡知何處　重到舊時明月路袖口香寒心比秋蓮苦休說生生花裏住惜花人去花無主

又

夏夜

露下庭柯蟬響歇紗碧如煙煙裏玲瓏月竝著香肩無可說櫻桃暗吐（一作解）丁香結　笑卷輕衫魚子纈試撲流螢驚起雙棲蝶瘦斷玉腰沾粉葉人生那不相思絕

又

出塞

今古河山無定數（一作據）　畫角聲中牧馬頻來去滿目荒涼誰可語西風吹老丹楓樹　幽怨從前何處訴（一作應無數）鐵馬金戈青塚黃昏路一往情深深幾許深山夕照深秋雨

又

盡日驚風吹木葉極目嵯峨一丈天山雪去去丁零愁不絕那堪客裏還傷別　若道客愁容易輟除是朱顏不共春銷歇一紙寄書和淚摺紅閨此夜團欒月

又

準擬春來消寂寞愁雨愁風翻把春擔擱不爲傷春情緒惡爲憐鏡裏顏非昨　畢竟春光誰領畧九陌緇塵

抵死遮雲壑若得尋春終遂約不成長負東君諾

唐多令

雨夜

絲雨織紅茵苔階壓繡紋是年年腸斷黃昏到眼芳菲都惹恨那更說塞垣春　蕭颯不堪聞殘妝擁夜分爲梨花深掩重門夢向金微山下去才識路又移軍

又

金液鎮心驚煙絲似不勝沁鮫綃湘竹無聲不爲香桃憐瘦骨怕容易減紅情　將息報飛瓊蠻箋署小名鑒淒涼片月三星待寄芙蓉心上露且道是解朝酲

又

塞外重九

古木向人秋驚蓬掠鬢稠是重陽何處堪愁記得當年惆悵事正風雨下南樓　斷夢幾能留香魂一哭休怪涼蟾空滿衾裯霜落烏啼渾不睡偏想出舊風流

踏莎美人

按此調爲顧梁汾自度曲

清明

拾翠歸遲踏青期近香箋小疊鄰姬訊櫻桃花謝已清明何事綠鬟斜嚲寶釵橫　淺黛雙彎柔腸幾寸不堪

又是鬢絲吹綠小勝宜春顫　繡屏渾不遮愁斷忽忽年華空冷暖玉骨幾隨花骨換三春醉裏三秋別後寂寞釵頭燕

又

宿烏龍江

東風卷地飄榆莢才過了連天雪料得香閨香正徹那知此夜烏龍江上獨對初三月　多情不是偏多別別離只爲多情設蜨夢百花花夢蜨幾時相見西窗翦燭細把而今說

月上海棠

中元塞外

原頭野火燒殘碣歎英魂才魄暗消歇終古江山問東風幾番涼熱驚心事又到中元時節　淒涼況是愁中別枉沉吟千里共明月露冷鴛鴦最難忘滿池荷葉青鸞杳碧天雲海音絕

又

瓶梅

重簷澹月渾如水浸寒香一片小窗裏雙魚凍合似曾伴箇人無寐橫眸處索笑而今已矣　與誰更擁燈前髻乍橫斜疎影疑飛墜銅瓶小注休教近麝鑪煙氣酬

伊也幾點夜深清淚

一叢花

咏並蒂蓮

闌珊玉佩罷霓裳相對綰紅妝藕絲風送凌波去又低頭軟語商量一種情深十分心苦脈脈背斜陽　色香空盡轉生香明月小銀塘桃根桃葉終相守伴殷勤雙宿鴛鴦菰米漂殘沉雲乍黑同夢寄瀟湘

金人捧露盤

淨業寺觀蓮有懷蓀友

藕風輕蓮露冷斷虹收正紅窗初上簾鉤田田翠蓋趁

斜陽魚浪香浮此時畫閣垂楊岸睡起梳頭　舊遊蹤招提路重到處滿離憂想芙蓉湖上悠悠紅衣狼藉臥看少妾盪蘭舟午風吹斷江南夢夢裏菱謳

洞仙歌

咏黃葵

鉛華不御看道家妝就問取旁人入時否為孤情澹韻判不宜春矜標格開向晚秋時候　無端輕薄雨滴損檀心小疊宮羅鎮長皺何必訴凄清為愛秋光被幾日西風吹瘦便零落蜂黃也休嫌且對倚斜陽勝（一作倦）偎紅裏

翦湘雲

按此調爲顧梁汾自度曲

送友

險韻慵拈新聲醉倚儘歷徧情場懊惱曾記不道當時腸斷事還較而今得意向西風約畧數年華舊心情灰一作休矣　正是冷雨秋槐鬢絲憔悴又領畧愁中送客滋味密約重逢知甚日看取青衫和淚夢天涯繞徧儘由人只樽前迢遞

東風齊著力

電急流光天生薄命有淚如潮勉爲歡謔到底總無聊

欲譜頻年離恨言已盡恨未曾消憑誰把一天愁緒按出瓊簫　往事水迢迢窗前月幾番空照魂銷舊歡新夢雁齒小紅橋最是燒鐙時候宜春髻酒暖蒲萄淒凉煞五枝青玉風雨飄飄

滿江紅

茅屋新成卻賦

問我何心卻搆此三楹茅屋可學得海鷗無事閒飛閒宿百感都隨流水去一身還被浮名束誤東風遲日杏花天紅牙曲　塵土夢蕉中鹿翻覆手看棊局且耽閒殢酒消他薄福雪後誰遮簷角翠雨餘好種牆陰綠有

些些欲說向寒宵西窗燭

又

代北燕南應不隔月明千里誰相念臙脂山下悲哉秋氣小立乍驚淸露溼孤眠最惜濃香膩況夜烏號絕四更頭邊聲起　消不盡悲歌意匀不盡相思淚想故園今夜玉闌誰倚青海不來如意夢紅箋暫寫違心字道別來渾是不關心東堂桂

又

爲問封姨何事卻排空卷地又不是江南春好妒花天氣葉盡歸鴉棲未得帶垂驚燕飄還起甚天公不肯惜愁人添憔悴　攬一霎鐙前睡聽半晌心如醉倩碧紗遮斷畫屏深翠隻影淒淸殘燭下離魂縹緲秋空裏總隨他泊粉與飄香眞無謂

滿庭芳

堠雪翻鴉河氷躍馬驚風吹度龍堆陰燐夜泣此景總堪悲待向中宵起舞無人處那有邨雞只應是金笳暗拍一樣淚沾衣　須知今古事棊枰勝負翻覆如斯歎紛紛蠻觸回首成非賸得幾行青史斜陽下斷碣殘碑年華共混同江水流去幾時回

又

題元人蘆洲聚雁圖

似有猿嗁更無漁唱依稀落盡丹楓溼雲影裏點點宿賓鴻占斷沙洲寂寞寒潮上一抹煙籠全不似半江瑟瑟相映半江紅　楚天秋欲盡荻花吹處竟日冥濛近黃陵祠廟莫采芙蓉我欲行吟去也應難問騷客遺蹤湘靈杳一尊遙酹還欲認青峯

納蘭詞卷三終　　歙縣王瑸校

納蘭詞卷四

長白納蘭成德容若著　鎮洋汪元治仲安編輯

水調歌頭

題西山秋爽圖

空山梵唄靜水月影俱沉悠然一境人外都不許塵侵歲晚憶曾遊處猶記半竿斜照一抹映疎林絕頂茅庵裏老衲正孤吟　雲中錫溪頭釣澗邊琴此生著幾兩屐誰識卧遊心準擬乘風歸去錯向槐安回首何日得投簪布襪青鞵約但向畫圖尋

又

題岳陽樓圖

落日與湖水終古岳陽城登臨半是遷客歷歷數題名欲問遺蹤何處但見微波木葉幾簇打魚罾多少別離恨哀雁下前汀　忽宜雨旋宜月更宜晴人間無數金碧未許著空明澹墨生綃譜就待倩橫拖一筆帶出九疑青彷彿瀟湘夜鼓瑟舊精靈

鳳皇臺上憶吹簫

除夕得梁汾閩中信因賦

荔粉初裝桃符欲換懷人擬賦然脂喜螺江雙鯉忽展新詞稠疊頻年離恨匆匆裏一紙難題分明見臨緘重

發欲寄遲遲　心知梅花佳句待粉郎香令再結相思辛稼軒客三山有梅花相思之句記畫屏今夕曾共題詩獨客料應無睡慈恩夢那值微之重來日梧桐夜雨卻話秋池

又

守歲

錦瑟何年香屏此夕東風吹送相思記巡簷笑罷共撚梅枝還向燭一作鐙花影裏催教看燕蠟雞絲如今但一編消夜冷暖誰知　當時歡娛見慣道歲歲瓊筵玉漏如斯悵難尋舊約枉費新詞次第朱旛翦綵冠兒側鬭一作重簾畔又轉蛾兒重驗取盧郎青鬢未覺春遲

金菊對芙蓉

上元

金鴨消香銀虬瀉水誰家玉笛飛聲正上林雪霽鴛甃晶瑩魚龍舞罷香車杳賸尊前袖擁吳綾狂遊似夢而今空記密約燒鐙　追念往事難憑歎火樹星橋回首飄零但九逵煙月依舊朧明楚天一帶驚烽火問今宵可照江城小窗殘酒闌珊鐙灺別自關情

琵琶仙

按此調譜律不載或亦自度曲　此條本在瀟湘雨下誤書於此

中秋

碧海年年試問取氷輪爲誰圓缺吹到一片秋香清輝了如雪愁中看好天良夜知道盡成悲咽隻影而今那堪重對舊時明月　花徑裏戲捉迷藏曾惹下蕭蕭井梧葉記否輕紈小扇又幾番凉熱止落得塡膺百感總茫茫不關離別一任紫玉無情夜寒吹裂

御帶花

重九夜

晚秋卻勝春天好情在冷香深處朱樓六扇小屏山寂寞幾分塵土蚪尾煙消人夢覺碎蟲零杵便强說歡娛總是無憀心緒　轉憶當年消受盡皓腕紅萸嫣然一顧如今何事向禪榻茶煙怕歌愁舞玉粟寒生且領畧月明清露歎此際淒凉何必更滿城風雨

念奴嬌

人生能幾總不如休惹情條恨葉（一作才一番好夢煙雲無迹）剛是尊前同一笑（一作心情凋落後）又到別離時節鐙炧挑殘鑪煙爇盡無語空凝咽一天凉露芳魂此夜偷接　怕見人去樓空柳枝無恙猶埽窗間月無分香（一作和）香深處住悔把蘭襟親結尙暖檀痕猶寒翠影觸緒添悲切愁多成病此愁知向誰說

又

綠楊飛絮歎沉沉院落春歸何許盡日緇塵吹綺陌迷卻夢遊歸路世事悠悠生涯非是醉眼斜陽暮傷心怕問斷魂何處金鼓　夜來月色如銀和衣獨擁花影疎窗度脈脈此情誰得識又道故人別去細數落花更闌未睡別是閒情緒聞余長歎西廊唯有鸚鵡

又

廢園有感

片紅飛減甚東風不語只催漂泊石上臙脂花上露誰與畫眉商畧碧甃瓶沉紫錢釵掩雀踏金鈴索韶華如夢爲尋好夢擔閣　又是金粉空梁定巢燕子滿地香泥落欲寫華箋憑寄與多少心情難託梅豆圓時柳綿飄處失記一作空覓當時約斜陽冉冉斷魂分付殘角

又

宿漢兒邨

無情野火趁西風燒徧天涯芳草榆塞重來冰雪裏冷入鬢絲吹老牧馬長嘶征笳互動併入愁懷抱定知今夕庾郎瘦損多少　便是腦滿腸肥尙難消受此荒煙落照何況文園憔悴後非復酒壚風調回樂峯寒受降城遠夢向家山繞茫茫百感憑高唯有清嘯

東風第一枝

桃花

薄劣東風淒其夜雨曉來依舊庭院多情前度崔郎應歎去年人面湘簾乍卷早迷了畫梁棲燕最嬌人清曉鶯啼飛去一枝猶顫　背山郭黃昏開徧想孤影夕陽一片是誰移向亭皐伴取暈眉青眼五更風雨算減卻春光一綫傍荔牆牽惹游絲昨夜絡樓難辨

秋水

按此調譜律不載或亦自度曲

聽雨

誰道破愁須仗（一作是）酒酒醒後心翻醉正香消翠被隔

簾驚聽那又是點點絲絲和淚憶翦燭幽窗小憩嬌夢垂成頻喚覺一眶秋水　依舊亂蛩聲裏短檠明滅怎教人睡想幾年蹤跡過頭風浪只消受一段橫波花底向擁髻鐙前提起甚日還來同領略夜雨空階滋味

木蘭花慢

立秋夜雨送梁汾南行

盼銀河迢遞驚入夜轉清商乍西園蝴蝶輕翻麝粉暗惹蜂黃炎涼等閒瞥眼甚絲絲點點攪柔腸應是登臨送客別離滋味重嘗　疑將水墨罨（一作畫）疏窗孤影澹瀟湘倩一葉高梧半條殘燭做盡商量荷裳被風暗翦

問今宵誰與蓋鴛鴦從此羇愁萬疊夢囘分付啼螿

水龍吟

題文姬圖

須知名士傾城一般易到傷心處柯亭響絕四絃才斷惡風吹去萬里他鄉非生非死此身良苦對黃沙白草嗚嗚卷葉平生恨從頭譜　應是瑤臺伴侶只多了氈裘夫婦嚴寒觱篥幾行鄉淚應聲如雨尺幅重披玉顏千載依然無主怪人間厚福天公儘付癡兒騃女

又

再送蓀友南還

人生南北眞如夢但卧金山高處白波東逝鳥啼花落任他日暮別酒盈觴一聲將息送君歸去便煙波萬頃半帆殘月幾囘首相思否　可憶柴門深閉玉繩低翦鐙夜語浮生如此別多會少不如莫遇愁對西軒荔牆葉暗黃昏風雨更那堪幾處金戈鐵馬把淒涼助

齊天樂

上元

闌珊火樹魚龍舞望中寶釵樓遠鞦韆餘紅琉璃賸碧待屬花歸緩緩寒輕漏淺正乍斂煙霏隕星如箭舊事驚心一雙蓮影瀟絲斷　莫恨流年似（一作逝）水恨消殘

疐粉韶光忒賤細語吹香暗塵籠鬢都逐曉風零亂闌干敲徧問簾底纖纖甚時重見不解相思月華今夜滿

又

洗妝臺懷古

六宮佳麗誰曾見層臺尙臨芳渚露腳斜飛虹腰欲斷荷葉未收殘雨添妝何處試問取雕籠雪衣分付一鏡空濛鴛鴦拂破白蘋去　相傳內家結束有帕裝孤穩鞾縫女古冷豔全消蒼苔玉匣翻出十眉遺譜人間朝暮看臙粉亭西幾堆塵土只有花鈴綰風深夜語

又

塞外七夕

白狼河北秋偏早星橋又迎河鼓清漏頻移微雲欲溼正是金風玉露兩眉愁聚待歸踏榆花那時才訴只恐重逢明明相視更無語　人間別離無數向瓜果筵前（一作堆筵瓜果）碧天凝竚連理千花相思一葉畢竟隨風何處羈棲良苦算未抵空房冷香啼曙今夜天孫笑人愁似許

瑞鶴仙

丙辰生日自壽起用彈指詞句幷呈見陽

馬齒加長矣枉碌碌乾坤問汝何事浮名總如水判尊

前盃酒一生長醉殘陽影裏問歸鴻歸來也未且隨緣去住無心冷眼華亭鶴唳　無寐宿醒猶在小玉來言日高花睡明月闌干曾說與應須記是蛾眉便自供人嫉妒風雨飄殘花藥歎光陰老我無能長歌而已

雨霖鈴

種柳

横塘如練日遲簾幕煙絲斜卷卻從何處移得章臺彷彿乍舒嬌眼恰帶一痕殘照鎖黃昏庭院斷腸處又惹相思碧霧濛濛度雙燕　回闌恰就輕陰軟背風花不解春深淺託根幸自天上曾試把霓裳舞徧百尺垂垂早是酒醒鶯語如翦只休隔夢裏紅樓望箇人兒見

疎影

芭蕉

湘簾卷處甚難披翠影繞簷遮住小立吹裘（一作裙）常伴春慵掩映繡牀金縷芳心一束渾難展清淚裹（一作裏）隔年愁聚更夜深細聽空階雨滴夢回無據　正是秋來寂寞偏聲聲點點助人離緒襯被初寒宿酒全醒攪碎亂蛩雙杵西風落盡梧桐（一作庭梧）葉還賸得綠陰如許想玉人和露（一作淚）折來曾寫斷腸詩句

瀟湘雨

送西溟歸慈溪

長安一夜雨便添了幾分秋色奈此際蕭條無端又聽渭城風笛咫尺層城留不住久相忘到此偏相憶依依白露丹楓漸行漸遠天涯南北　悽寂黔婁當日事總名士如何消得只阜帽蹇驢西風殘照倦遊蹤跡廿載江南猶落拓歎一人知已終難覓君須愛酒能詩鑑湖無恙一蓑一笠

風流子

秋郊射獵

平原草枯矣重陽後黃葉樹騷騷記玉勒青絲落花時

節會逢拾翠忽憶（一作聽）吹簫今來是燒痕殘碧盡霜影亂紅凋秋水映空寒煙如織皁雕飛處天慘雲高　人生須行樂君知否容易兩鬢蕭蕭自與東風（一作君）作別剗地無聊算功名何似（一作許）等閒（一作此身）博得短衣射虎沽酒西郊便向夕陽影裏倚馬揮毫

沁園春

試望陰山黯然銷魂無言徘徊見青峯幾簇去天才尺黃沙一片匝地無埃碎葉城荒拂雲堆遠雕外寒煙慘不開躑躅久忽冰崖轉石萬壑驚雷　窮邊自足愁懷又何必平生多恨哉只淒涼絕塞蛾眉遺冢銷沉腐草

駿骨空臺北轉河流南橫斗柄畧點微霜鬢早衰君不信向西風回首百事堪哀

又

丁巳重陽前三日夢亡婦澹妝素服執手哽咽語多不復能記但臨別有云銜恨願爲天上月年年猶得向郎圓婦素未工詩不知何以得此也覺後感賦長調

瞬息浮生薄命如斯低徊怎忘自那番摧折無衫不淚一作記繡牀倚徧竝吹紅雨幾年恩愛有夢何妨一作雕闌曲處同送斜陽最苦啼鵑頻催別鵠一作夢好難留詩殘莫續贏得更闌一作深哭一場遺容在只靈飈一轉未許端詳　重尋碧落茫茫料短髮朝來定有霜信一作便人間天上塵緣未斷春花秋月觸緒堪一作還傷欲結綢繆翻驚漂泊一作搖落兩處鴛鴦各自涼一作減盡荀衣昨日香眞無奈把聲聲簷雨一作鄰笛譜入愁鄉一作出回腸

又

夢冷蘅蕪卻望姍姍是耶非耶悵蘭膏漬粉尚留犀合金泥蹙繡空掩蟬紗影弱難持緣深暫隔只當離愁滯海涯歸來也趁星前月底魂在梨花　鸞膠縱續琵琶問可及當年萼綠華但無端摧折惡經風浪不如零落

判委塵沙最憶相看嬌訛道字手翦銀鐙自潑茶今已矣便悵中重見那似伊家

金縷曲

贈梁汾

德也狂生耳偶然間緇塵京國烏衣門第有酒惟澆趙州土誰會成生此意不信道竟逢（一作遂成）知巳青眼高（一作痛飲狂）歌俱未老向尊前拭盡英雄淚君不見月如水共（一作與）君此夜須沈醉且由他蛾眉謠諑古今同忌身世悠悠何足問冷笑置之而已尋思起從頭翻悔一日心期千刼在後身（一作生）緣恐結他生裏然諾重君須記

又

再贈梁汾用秋水軒舊韻

酒涴青衫卷儘從前風流京兆閒情未遣江左知名今廿載枯樹淚痕休泣搖落盡玉蛾金繭多少殷勤紅葉句御溝深不似天河淺空省識畫圖展　高才自古難通顯枉教他堵牆落筆凌雲書扁入洛遊梁重到處駭看邨莊吠犬獨憔悴斯人不免袞袞門前題鳳客竟居然潤色朝家典憑觸忌舌難翦

又

生怕芳尊滿到更深迷離醉影殘鐙相伴依舊回廊新

月在不定竹聲撩亂問愁（一作誰）與春宵長短燕子樓空
絃索冷（一作人比疎花還寂寞）任梨花（一作紅褺）落盡無人（一作應難）管誰
領畧眞眞（一作向夢裏聞低）喚　此情擬倩東風浣奈吹來餘
香病酒旋添一半惜別江淹消瘦了（一作郎渾易瘦）怎耐（一作更著）
輕寒輕暖憶絮語縱橫茗盌滴滴西窗紅蠟淚那時腸
早爲而今斷任角枕欹孤館

又

簡梁汾時方爲吳漢槎作歸計

灑盡無端淚莫因他瓊樓寂寞誤來人世信道癡兒多
厚福誰遣偏（一作天）生明慧就（一作誰）更著浮名相累仕宦

何妨如斷梗只那將聲影供羣吠天欲問且休矣　情
深我自拚憔悴轉叮嚀香憐易爇玉憐輕碎羡煞軟紅
塵裏客一味醉生夢死歌與哭任猜何意絕塞生還吳
季子算眼前此外皆閒事知我者梁汾耳

又

慰西溟

何事添悽咽但由他天公簸弄莫教磨涅失意每多如
意少終古幾人稱屈須知道福因才折獨臥藜牀看北
斗背高城玉笛吹成血聽譙鼓二更徹　丈夫未肯因
人熱且乘閒五湖料理扁舟一葉淚似秋霖渾不盡灑

向野田黃犢須不羨承明班列馬跡車塵忙未了任西風吹冷長安月又蕭寺花如雪

又

西溟言別賦此贈之

誰復留君住歎人生幾番離合便成遲暮最憶西窗同翦燭卻話家山夜雨不道只暫時相聚袞袞長江蕭蕭木送遙天白雁哀鳴去黃葉下秋如許　曰歸因甚添愁緒料強似冷煙寒月棲遲梵宇一事傷心君落拓兩鬢飄蕭未遇有解憶長安兒女裘敝入門空太息信古來才命眞相負身世恨共誰語

又

寄梁汾

木落吳江矣正蕭條西風南雁碧雲千里落拓江湖還載酒一種悲涼滋味重回首莫彈酸淚不是天公教棄置是才華誤卻方城尉飄泊處誰相慰　別來我亦傷孤寄更那堪冰霜摧折壯懷都廢天遠難窮勞望眼欲上高樓還已君莫恨埋愁無地秋雨秋花關塞冷且殷勤好作加餐計人豈得長無謂

又

亡婦忌日有感

此恨何時已滴空階寒更雨歇葬花天氣三載悠悠魂夢杳是夢久應醒矣料也覺人間無味不及夜臺塵土隔冷清清一片埋愁地釵鈿約竟（一作定）拋棄重泉若有雙魚寄好知他年來苦樂與誰相倚我自終宵成轉側忍聽湘絃重理待結箇他生知已還怕兩人都（一作俱）薄命再緣慳賸月零風裏清淚盡紙灰起

又

未得長無謂竟須將銀河親挽普天一洗麟閣才教留粉本大笑拂衣歸矣如斯者古今能幾有限好春無限恨沒來由短盡英雄氣暫覓箇柔鄉避　東君輕薄知

何意儘年年愁紅慘綠添人憔悴兩鬢飄蕭容易白錯把韶華虛費便決計疏狂休悔但有玉人常照眼向名花美酒拚沉醉天下事公等在

摸魚兒

午日雨眺

漲痕添半篙柔綠蒲梢荇葉無數空濛臺榭煙絲暗白鳥銜魚欲舞橋外（一作紅橋）路正一派畫船簫鼓中流住嘔啞柔櫓又早拂新荷沿隄忽轉衝破翠錢雨　蒹葭渚不減瀟湘深處霏霏漠漠如霧滴成一片鮫人淚也似汨羅投賦愁難譜只綵綫香菰脈脈成千古傷心莫語

記那日旗亭水嬉散盡中酒阻風去

又

送別德清蔡夫子

問人生頭白京國算來何事消得不如罨畫清溪上蓑笠扁舟一隻人不識且笑煮鱸魚趁著蓴絲碧無端酸鼻向岐路銷魂征輪驛騎斷雁西風急　英雄輩事業東西南北臨風因甚成泣酬知有願頻揮手零雨淒其此日休太息須信道諸公衮衮皆虛擲年來蹤跡有多少雄心幾番惡夢淚點霜華織

青衫溼

按此調爲自度曲一本作青衫溼徧

悼亡

青衫溼徧憑伊慰我忍便相忘半月前頭扶病翦刀聲猶共一作在銀釭憶生來小膽怯空房到而今獨伴梨花影冷冥冥儘意淒涼願指魂兮識路教尋夢也迴廊咫尺玉鉤斜路一般消受蔓草斜陽判把長眠滴醒和清淚攪入椒漿怕幽泉還爲我神傷道書生薄命宜將息再休耽怨粉愁香料得重圓密誓難禁寸裂柔腸

憶桃源慢

斜倚熏籠隔簾寒徹徹夜寒如水一作聽盡哀鴻嘹離魂何處

一片月明千里一作如水兩地凄凉一作淸多少恨分付藥鑪煙細近來情緒非關病酒如何擁鼻長如醉轉尋思不如睡也看道夜深怎睡　幾年消息浮沉把朱顏頓成憔悴紙窗淅瀝一作風裂寒到箇人衾被篆字香消鐙灺冷不算凄凉滋味加餐千萬寄聲珍重而今始會當時意早催人一更更漏殘雪月華滿地

湘靈鼓瑟

按此調亦自度曲一本作翦梧桐

新睡覺聽漏盡烏啼欲曉屏側墜釵扶不起淚浥餘香悄悄任百種思量都來擁枕薄衾顛倒土木形骸自甘

憔悴只平日占伊懷抱看蕭蕭一翦梧桐此日秋光應到　若不是憂能傷人怎青鏡朱顏便老慧業重來偏命薄悔不夢中過了憶少日淸狂花間馬上軟風斜照端的而今誤因疎起卻懊惱誤人年少料應他此際閒眠一樣百愁難埽

大酺

寄梁汾

怎一作只一鑪煙一窗月斷送朱顏如許韶華一作光猶在眼怪無端吹上幾分塵土手撚殘枝沉吟往事渾是前生無據鱗鴻憑誰寄想天涯隻影凄風苦雨便砑損吳

綾唬沾蜀紙有誰同賦　當時不是錯好花月合受天公妒只索（一作準擬）倩春歸燕子說與從頭爭教他會人言語萬一離魂遇偏夢被冷香縈住剛聽得城頭鼓相思何益待把來生祝取慧業相同一處

納蘭詞卷四終　　鎮洋蔣希曾校

納蘭詞卷五

長白納蘭成德容若著　鎮洋汪元治仲安編輯

憶王孫

暗憐雙緤鬱金香欲夢天涯思轉長幾夜東風昨夜霜減容光莫爲繁花又斷腸

又

刺桐花下是兒家已拆秋千未采茶睡起重尋好夢賒憶交加倚著閒窗數落花

調笑令

明月明月曾照箇人離别玉壺紅淚相偎還似當年夜來來來夜來夜肯把清輝重借

憶江南

江南好建業舊長安紫蓋忽臨雙鷁渡翠華爭擁六龍看雄麗卻高寒

又

江南好城闕尙嵯峨故物陵前唯石馬遺蹤陌上有銅駝玉樹夜深歌

又

江南好懷古意誰傳燕子磯頭紅蓼月烏衣巷口綠楊煙風景憶當年

又

江南好虎阜晚秋天山水總歸詩格秀笙簫恰稱語音圓誰在木蘭船

又

江南好真箇到梁溪一幅雲林高士畫數行泉石故人題還似夢遊非

又

江南好水是二泉清味永出山那得濁名高有錫更誰爭何必讓中泠

又

江南好佳麗數維揚自是瓊花偏得月那應金粉不兼香誰與話清涼

又

江南好鐵甕古南徐立馬江山千里目射蛟風雨百靈趨北顧更躊躇

又

江南好一片妙高雲硯北峯巒米外史屏間樓閣李將軍金碧矗斜曛

又

江南好何處異京華香散翠簾多在水綠殘紅葉勝于

花無事避風沙

又

新來好唱得虎頭詞一片冷香唯有夢十分清瘦更無
詩標格早梅知

點絳脣

寄南海梁藥亭

一帽征塵留君不住從君去片帆何處南浦沉香雨
回首風流紫竹邨邊住孤鴻語三生定許可是梁鴻侶

浣紗溪

十里湖光載酒遊青簾低映白蘋洲西風聽徹采菱謳

沙岸有時雙槳擁畫船何處一竿收歸來無語晚妝
樓

又

脂粉塘空徧綠苔掠泥營壘燕相催妒他飛去卻飛回
一騎近從梅里過片帆遙自藕溪來博山香燼未全
灰

又

大覺寺

燕壘空梁畫壁寒諸天花雨散幽關篆香清梵有無間
蛺蝶乍從簾影度櫻桃半是鳥銜殘此時相對一忘

言

又

拋卻無端恨轉長慈雲稽首返生香妙蓮花說試推詳
但是有情皆滿願更從何處著思量篆煙殘燭竝回
腸

又

小兀喇

樺屋魚衣柳作城蛟龍鱗動浪花腥飛揚應逐海東青
猶記當年軍壘跡不知何處梵鐘聲莫將興廢話分
明

又

姜女祠

海色殘陽影斷霓寒濤日夜女郎祠翠鈿塵網上蛛絲
澄海樓高空極目望夫石在且留題六王如夢祖龍
非

菩薩蠻

回文

客中愁損催寒夕夕寒催損愁中客門掩月黃昏昏黃
月掩門　翠衾孤擁醉醉擁孤衾翠醒莫更多情情多
更莫醒

又

回文

砑箋銀粉殘煤畫畫煤殘粉銀箋砑清夜一鐙明明鐙一夜清　片花驚宿燕燕宿驚花片親自夢歸人人歸夢自親

又

飄蓬只逐驚飇轉行人過盡煙光遠立馬認河流茂陵風雨秋　寂寥行殿鎖梵唄琉璃火塞雁與宮鴉山深日易斜

采桑子

那能寂寞芳菲節欲話生平夜已三更一闋悲歌淚暗零　須知秋葉春花促點鬢星星遇酒須傾莫問千秋萬歲名

又

九日

深秋絕塞誰相憶木葉蕭蕭鄉路迢迢六曲屏山和夢遙　佳時倍惜風光別不爲登高衹覺魂銷南雁歸時更寂寥

又

海天誰放冰輪滿惆悵離情莫說離情但值涼宵總淚

零　祇應碧落重相見那是今生可奈今生剛作愁時
又憶卿

又

白衣裳凭朱闌立凉月趖西點鬢霜微歲晏知君歸不
歸　殘更目斷傳書雁尺素還稀一味相思準擬相看
似舊時

清平樂

麝煙深漾人擁緱笙氅新恨暗隨新月長不辨眉尖心
上　六花斜撲疎簾地衣紅錦輕霑記取暖香如夢耐
他一晌寒巖

眼兒媚

林下閨房世罕儔偕隱足風流今來恐見鶴孤華表人
遠羅浮　中年定不禁哀樂其奈憶曾遊浣花微雨采
菱斜日欲去還留

又

咏紅姑娘

騷屑西風弄晚寒翠裛倚闌干霞綃裹處櫻脣微綻靺
鞨紅殷　故宮事往憑誰問無恙是朱顏玉墀爭采玉
釵爭插至正年間

又

中元夜有感

手寫香臺金字經惟願結來生蓮花漏轉楊枝露滴想鑒微誠　欲知奉倩神傷極憑訴與秋檠西風不管一池萍水幾點荷鐙

滿宮花

盼天涯芳訊絕莫是故情全歇朦朧寒月影微黃情更薄于寒月　麝煙銷蘭爐滅多少怨眉愁睫芙蓉蓮子待分明莫向暗中磨折

少年遊

算來好景只如斯惟許有情知尋常風月等閒譚笑稱意即相宜　十年青鳥音塵斷往事不勝思一鉤殘照半簾飛絮總是惱人時

浪淘沙

望海

蜃闕半模糊踏浪驚呼任將蠡測笑江湖沐日光華還浴月我欲乘桴　釣得六鼇無竿拂珊瑚桑田清淺問麻姑水氣浮天天接水那是蓬壺

又

雙燕又飛還好景闌珊東風那惜小眉彎芳草綠波吹不盡只隔遙山　花雨憶前番粉淚偷彈倚樓誰與話

春閒數到今朝三月二夢見猶難

鷓鴣天

誰道陰山行路難風毛雨血萬人讙松梢露點霑鷹細蘆葉溪深沒馬鞍 依樹歇映林看黃羊高宴簇金盤蕭蕭一夕霜風緊卻擁貂裘怨早寒

又

小構園林寂不譁疏籬曲徑倣山家晝長吟罷風流子忽聽楸枰響碧紗 添竹石伴煙霞擬憑尊酒慰年華休嗟髀裏今生肉努力春來自種花

南鄉子

何處淬吳鉤一片城荒枕碧流曾是當年龍戰地颼颼塞草霜風滿地秋 霸業等閒休躍馬橫戈總白頭莫把韶華輕換了封侯多少英雄只廢邱

踏莎行

月華如水波紋似練幾簇澹煙衰柳塞鴻一夜盡南飛誰與問倚樓人瘦 韻拈風絮錄成金石不是舞裊歌裏從前負盡埽眉才又擔閣鏡囊重繡

虞美人

綠陰簾外梧桐影玉虎牽金井怕聽啼鴂出簾遲恰到年年今日兩相思 淒涼滿地紅心草此恨誰知道待

將幽憶寄新詞分付芭蕉風定月斜時

茶瓶兒

楊花糝徑櫻桃落綠陰下晴波燕掠好景成擔閣秋千背倚風態宛如昨　可惜春來總蕭索人瘦損紙鳶風惡多少芳箋約青鸞去也誰與勸孤酌

臨江仙

點滴芭蕉心欲碎聲聲催憶當初欲眠還展舊時書鴛鴦小字猶記手生疎　倦眼乍低緗帙亂重看一半模糊幽窗冷雨一鐙孤料應情盡還道有情無

蝶戀花

散花樓送客

城上清笳城下杵秋盡離人此際心偏苦刀尺又催天又暮一聲吹冷蒹葭浦　把酒留君君不住莫被寒雲遮斷君行處行宿黃茅山店路夕陽邨社迎神鼓

金縷曲

再用秋水軒舊韻

疎影臨書卷帶霜華高高下下粉脂都遣別是幽情嫌嫵媚紅燭啼痕休泣趁皓月光浮冰繭恰與花神供寫照任潑來澹墨無深淺持素障夜中展　殘釭掩過看逾顯相對處芙蓉玉綻鶴翎銀扁但得白衣時慰藉一

任浮雲蒼犬塵土隔軟紅偷免簾幕西風人不寐恁清光肯惜鷸裘典休便把落英翦

納蘭詞卷五終　　昭文蔣寶齡校

崇賢館記

太初混沌、盤古開天辟地、斗轉星移、萬象其命維新。炎黃先祖、崛起東方、篳路藍縷、以啓山林。華夏文明源出細水、涓涓日夜不息、匯爲浩浩江海。上古有河圖洛書之説、先民有結繩書契之作。自夏商以降至於隋唐、我先人以玉飾、甲骨、鐘鼎、簡牘、碑碣、帛書、刻錄文明歷程、纘續堯、舜、禹、湯、文王、周公、孔子諸聖賢道統、斯文郁郁、盛世生焉。

至唐貞觀間、太宗爲繼往聖之學、風厚生之化、開太平之世、始設崇賢館、任學士、校書郎各二人、掌管經籍圖書並教授諸生。光陰箭越千年、二十世紀尾聲、有諸同道矢志復立崇賢館、旨於再造盛唐輝煌。興廢繼絶、金聲玉振、集歷代之英華、樹中天之華表。以最中國之形式、再現最中國之內容、俾言簡義豐、溫厚和平、墨香紙潤之中國書卷文化、福澤今日之世界、復立伊始、茫茫求索、久立而有待來者。漸至天下翕然而慕國學。當是時、幸得國學之師季羨林、啓功、馮其庸、傅璇琮及著名文史學家毛佩琦、任德山、余世存、國藝方家王鏞、林岫等諸先生擔當學術顧問、肩荷指點迷津、遥斷翼軫之重責。

崇賢館記

先賢典籍流傳、粲然可見。北宋一朝、蔡倫高足安徽宣城孔丹、創棉白佳紙、宣紙因而得名。中國造紙術隨後惠澤東西方文化傳播。宣紙典籍體輕而久壽、逐漸引領版刻盛行。宋版之精嚴而高貴、元版之景宋而厚重、明版之繁盛而不齊、清版之集古而爲新。今崇賢館、志承歷代版刻精髓、精研歷代善本風貌、礪成鑄鼎之作、曰、崇賢善本、其館刊典籍、涵蓋經、史、子、集、四部精華、並書畫眞跡、碑刻拓片、及今人解經、學人蹊徑。可謂囊經天緯地之道、攬修身齊家之學。堪爲現代收藏之冠冕極品、亦爲今人重塑私德之權威善本、

崇賢善本、誓循宋代工藝。選安徽涇縣、有紙中黃金美譽之手工宣紙製作。裝幀集林綾面絹簽、沿襲古法、雕版琢字、均出名典、莊重雅致、古色生香。考工記云、天有時、地有氣、材有美、工有巧。斯乃術工與藝術俱臻高妙之境界、書卷文化之眞精神。洋裝書雖彌漫當際、崇賢善本卻能卓爾不群。魯迅先生曾有比喻、洋裝書拿在手裏像舉磚頭、遠不如看綫裝書方便。中華先烈、文稱風騷、武崇儒將、書卷之氣爲其獨有之美。然不讀綫裝古籍、難鑄高華之美。綫裝書

卷在手或坐或臥思緒如泉潺潺不斷心性高貴至極卻不顯一絲張揚是故崇賢館十數年如一日竭誠舉倡重構綫裝中國國學進入生活尋常百姓之家當見縹囊飄香廣廈重閣之府更是卷盈緗帙隨手展卷有人倫之準式傳世之華章賢人之嘉言生活之寶鑒人人可漱六藝之芳潤可浸高古之氣華

朝代依序更迭時光似川流逝次第顧尋鼎食深院閭閻人家皆門書禮儀傳家久詩書繼世長國學經典連綿千祀然而形殊勢禁古今不同失之毫釐謬以千里時人熱捧國學然忌入玄玄歧途惟汲納百家之長融鑄方以補天勿忘戊戌維新之殤是爲殷鑒彙通儒家之禮樂規章道家之取法自然佛家之修心禪定法家之以法治國兵家之正合奇勝加之國藝國史深研修行方能據於德依於仁游於藝經世致用知行合一退可以善道進可以兼濟高品生活人所共求今人之所憂嘆先哲業已冥思而開示吾輩俯仰間應崇聖賢者欣欣然咏而歸之樂也

展觀宇內商潮必資乎文明方能發五色之沃采惠億衆之福祉古往今來熙熙攘攘者道統孰繼崇賢館倡言新國學新閱讀新收藏新體驗同仁塑

夢終期館内垂髫幼童讀書琅琅舞象少年飛文染翰窈窕淑女繪綉撫琴域内外大雅鴻儒絶藝名家群賢畢至於斯爲盛再拜天下之甘爲中國傳統文化推廣者播仁普智勵勇可喜可嘉。漫漫長路舉足爲始。崇賢館主李克敬敘宗旨。沐浴執筆壬辰中秋記於京華。